# BE

# DE SERES
# (NO) IMAGINARIOS

## ~ Antología literaria, 1 ~

## VARIOS AUTORES

## Volumen 1

*Colección*
**Bestiarios**

SERPIENTE EMPLUMADA
~ Editorial ~
¡Constrúyete a ti mismo!
EST. 2014

Autoría de "La fábula del gato guardián", "La araña saltarina", "La abuela", "La mariposa monarca", y "La parábola del vecino envidioso", por H. P. Fraijo; "La familia koala" y "El sentido de vivir", por Analí Gomez; "Pul-po(-)ético", "Soy animal", y "Cecalia", por Anilú Zavala; "Medusa", "Más-cara", y "Espiral castaña" por Ana Gabriela Rodríguez; "Mariposa negra" y "La flor y el sapo trovador", por Amarilis Cintrón-López; "El sueño de las dos", "El reptil que determinó mi destino", "Panzazul, el colibrí", y "Plumas de ángel" por Angélica Peraza Quijada.

Selección y dición de *Bestiario de seres (no) imaginarios, 1*, así como autoría de "Presentación" y "Despedida" por Omar de la Cadena.

Autoría de la Colección Bestiarios y del diseño de la primera edición, por SERPIENTE EMPLUMADA ~ y Compañía ~.

Autoría de la imagen de portada y contraportada por Carlos René Gutiérrez.

Privada Portici #8-A, Villa Bonita
Hermosillo, Sonora, México
WhatsApp (52) + 6624142821
omardelacadena@gmail.com

ISBN: 9798865054825.

Imagen de portada y contraportada:
Fragmento de "Quetzalcóatl" (2015) por Carlos René Gutiérrez.

# ÍNDICE

# PRESENTACIÓN: DE LAS BES-TIAS REALES E IMAGINARIAS

Por Omar de la Cadena

Quien carece de ingenio, para presentir lo inasible; así como de inteligencia, para prefigurar lo inasequible; está condenado a la monotonía del vacío que encontramos en la realidad. La falta de imaginación para inventar algo, así como de voluntad para crearlo, es algo que los escritores, en particular, deben enfrentar cada día para ser lo que son; rehuyendo lo que odian, y haciendo lo que aman. Desde el origen de los tiempos, todo lo creado ha surgido de la mente de un artífice. Dentro y fuera de un ámbito religioso, lo que se piensa y se dice, anticipa lo que se hace; porque lo que se hace marca un precedente, entre sus espectadores. En su pecado está, por lo tanto, su penitencia: el hacedor es, temporalmente, un mentiroso; ya que puede tocar sin sus manos, oler sin su nariz, degustarlo sin su lengua; y ver sin sus ojos, antes de tocar, oler, degustar, y ver lo que antes no existía en la realidad. Todo lo que ha sentido y razonado, experimentado o conjeturado, construye una realidad de manera anticipada, de lo que imita y de lo que inventa, para traerlo ante nosotros.

Esto se hizo evidente en *Animales impuros. De la prosa poética al poema en prosa*: un curso-taller inedito de lectura crítica y lectoescritura creativa, en el que les propuse a mis alumnos la crítica de varios especímenes literarios, la lectura y escritura lúdica de los suyos; y de fomento editorial, en el que realicé actividades de revisión y edición de sus texos en prosa retórica. Si lo primero permitió su desarrollo como lectores y escritores, lo segundo hizo posible, por medio de una selección de sus textos, crear esta antología temática.

La oportunidad de dar este curso-taller sobre lo que se ha llamado "prosa poética" y "poema en prosa" surgió por la invitación de Clara Luz Montoya, directora de la Escuela de Escritores del Instituto Sonorense de Cultura (ISC). De inmediato se convirtió en un reto, que me llevó a cuestionar estas etiquetas o conceptos literarios, que reunieron a diversas especies literarias que había practicado con otros nombres, cotidianamente, desde hace más de veinticuatro.

Aunque los conceptos que reunían estos especímenes siempre me habían parecido raros, imprecisos, y nebulosos, ahora debía explicar y demostrar por qué y por qué brindaban una vagedad, indefinición, y su oscuridad teórica.

Fue así como, unas semanas después, determiné que estas categorías literarias habían surgido a partir de una "fantasía etimológica" que derivó en una serie de "errores conceptuales"; pero, durante estos últimos siete meses me dediqué a dar argumentos, desde una base teórica y una práctica litearia, que me permitió afirmar que la "poesía en prosa" y el "poema en prosa" no existen.[1]

Agradezco ampliamente a la maestra Guadalupe Aldaco, directora del ISC, y a Clara Luz, coordinadora de Literatura de dicha institución, por su apoyo para la realización de este proyecto y la libertad de cátedra que hubo para el mismo, ante lo que parecía un disparate: contradecir la corriente teórica dominante, por medio de una relectura y revisión de los textos clasificados de esta manera, durante el desarrollo de este curso-taller de lectura y escritura prosaica y retórica (aunque no poética), que hoy culmina con una selección de la obra literaria de algunos de sus asistentes.

Esta invitación a desarrollar un curso-taller de "poema en prosa" fue un reto triple, para el cual tuve que dedicar gran parte de este año para dominarlo de principio a fin. Primero,

---

[1] El desarrollo de estas ideas, que ya fueron vertidas en el curso-taller, podrá leerse en el libro *Animales impuros. De la prosa poética al poema en prosa. De una fantasía etimológica a un error conceptual* (inédito).

al dominar un conocimiento teórico y práctico, que desarrollé en las cuatro sesiones de cada uno de los seis módulos en los que dividí este proyecto; tanto en la hora dedicada al análisis del contenido teórico del curso como en la hora dedicada a los ejercicios del taller. Segundo, para el desarrollo del libro del mismo nombre, donde he precisado mis reflexiones en torno a tan suculento tema. Tercero, para organización, selección y elaboración del presente bestiario, con los textos que han surgido a partir de los ejercicios aplicados durante las arduas sesiones en revisión en línea.

   ¿Por qué tuvimos que hablar de los bestiarios en un curso-taller de este tipo? Se debe a que los textos, como los consideraban los griegos, eran zoomórficos; es decir, tenían formas de animales canónicos: naturales; así como no canónicos: híbridos. Durante varias sesiones, no solo expliqué el origen zoomórfico de los textos literarios, sino que invité a que hicieran los suyos con dicha estructura animal a través de ejercicios guiados. Este es, pues, el sustento de este título y el de la colección antológica.

   Durante estos meses se estudiaron, teóricamente, y se ejercitaron, prácticamente, varios especímenes del pasado remoto, mediato, e inmediato de nuestra tradición literaria; con la finalidad de conocer la evolución de algunos especímenes literarios, a través de la lectura de textos escritos hace más de dos milenios. Tal es el caso de la fábula y el cuento, a partir de una revisión teórica y práctica de la fábula de la tortuga y la liebre de Esopo y de los cuentos que han surgido de él, que algunos teóricos han disfrazado con el "poema en prosa narrativo". De ahí que se realizaran ejercicios para imitar, primero, y transformar, después, los especímenes que existen dentro de este género prosístico.

   ¿Qué es, pues, lo que tienes entre tus manos? El resultado de una mentira que se ha vuelto una verdad: un bestiario o colección de textos con forma animal y que hablan de los animales más afines a sus autores.

Este bestiario (o bien, este museo de bestias reales y mitológicas), es una antología de los mejores textos que fueron construidos con la estructura de animales, pero también que hablaban de estos; volviéndose, cada uno de ellos, en retratos de animales literarios (entre los más entrañables que he leído hasta el día de hoy). El ingenio y la inteligencia con que fueron escritos habla más de quienes los elaboraron que de los modelos atípicos de creación verbal; porque sus textos se enfrentaron a la necesidad de leer y escribir contra la corriente, de frente o a espaldas de nuestra realidad. 🅢

# BESTIARIO DE SERES (NO) IMAGINARIOS, 1

# H. P. FRAIJO

# H.P. Fraijo / La fábula del gato guardián

El gato, de actitud soberbia, altanera, y déspota, fijó el límite de su territorio: dos metros de distancia alrededor de la puerta de entrada de mi casa. Con esto evitaba que los intrusos (llámense perros, ratones, aves, insectos, reptiles, o cualquier otra especie del mundo animal) traspasaran lo que él considera exclusivo de su propiedad y, obviamente, la de sus amos.

Los únicos invitados a pasar eran aquellos humanos a los que sus amos (los del gato) les permitan su entrada; siempre y cuando no abusaran de su hospitalidad; porque, cuando querían acariciarlo, sus filosas uñas rasguñaban y lesionaban a los atrevidos. De ahí en fuera, cualquier especie animal tenía vedado completamente el ingreso. No importaba que se ostentaran como custodios de las visitas, o fueran sus honorables acompañantes.

Un día, un pájaro negro osó acercarse al límite impuesto por este felino guardián. De pronto, un inmenso terror invadió a ese emplumado visitante, de tal manera que lo paralizó y lo único que hizo fue piar intensamente sin poder moverse; como si, hipnóticamente, estuviese sujeto a los deseos del gato. Dos segundos después, una ráfaga de aire, con una silueta en movimiento, cruzó la distancia desde la puerta hasta el ave, y de un salto lo atrapó, convirtiéndolo en su comida.

Por eso cuento esta historia y su moraleja: "Nunca cruces el límite del peligro, porque puede ser fatal."

# H. P. Fraijo / La araña saltarina

Disfrutando de mi comida, al llegar del trabajo, entra mi nieto a la casa, dejando la puerta abierta. "¡Ciérrala!", le grito, inmediatamente: "¡Se meten las moscas!"

Para cuando se regresa a hacerlo, alcanzó a ver una figura voladora invadir el espacio de mi hogar.

"¡Ven aquí!", le ordeno secamente, señalándole el bicho volador y siguiendo su ruta de vuelo. "Esa mosca que ves volando, entró porque no cerraste de inmediato la puerta. Si se posan en la comida, pueden crear gusanos, los cuales va a parar al estómago", le digo, mientras le hago cosquillas en el vientre; porque esa es la cátedra y la *severa* reprimenda que los abuelos damos a nuestras criaturas. ("Sí, Chuy", diría mi hija, volteando los ojos.)

El niño ríe, y luego mira el insecto y arruga la nariz, con asco, antes de irse a jugar con los juguetes tirados por el piso.

Alcanzo a ver que el insecto se posa en la pared, poniéndose a descansar. Entonces llega la indecisión: o me levanto por el matamoscas o termino los últimos bocados de mi alimento. A punto de levantarme por el arma que exterminará al invasor, veo una pequeña araña saltarina en la misma pared avanzando rauda y veloz. Al acercarse, aminora la velocidad, para no espantar a su presa. De ahí en adelante, empieza a moverse en pequeñas pausas y lento. En ese punto, absorto, tengo mi mano pausada en el aire, con medio bocado en mi boca. Mis ojos están fijos en el depredador y la presa; como cuando estas disfrutando una película, y el suspenso no te deja terminar el movimiento de llevarte la botana hasta la boca. En ese instante siento que me convierto en la araña cazadora y dirijo los movimientos estratégicos de la operación: "Caza a la mosca."

La mosca siente, en ese momento, un pequeño flujo de intención de matar en su contra: se gira 45 grados, como preparándose a saltar al espacio. La araña y yo, suspendemos todo movimiento tratando de pasar inadvertidos. Creo que no le estoy ayudando mucho, mi corazón late con fuerza, siento que la presa escucha el sonido que produce. Intento relajarme un poco, sin lograrlo.

"Esa mosca no se debe escapar", digo, cuando creo que pasamos la prueba; porque ya no voló. Sólo estuvo moviendo sus patas delanteras junto a su cabeza, como relamiéndose sus patas con el olor de lo que tengo en mi plato.

La araña reanuda su movimiento de caza un poco más lento, midiendo la distancia que ha de saltar. Empiezo a apostar conmigo mismo, para adivinar en qué momento saltaremos al unísono.

Esos momentos de expectativa, de irse acercando, agazapado, valorando tanto la distancia como movimiento de la presa, buscando la seguridad de tenerla al alcance, hace que se me reseque la boca. Trato de ignorar esa distracción y me concentro en el momento del ataque. Creo que a la araña le pasa igual, porque en ese movimiento constante de mandíbulas, al poner sus ocho patas en posición adelantada y el cuerpo hacia atrás, me indica que está a punto de hacerlo. Con la tensión del momento al límite, grito: "¡Ahora!"

El salto es espectacular, tanto de la presa como del cazador.

En el aire se definió el encuentro. Objetivo alcanzado. Misión cumplida. Me siento como el héroe que definió el encuentro. He quedado satisfecho, la comida fría se fue para el perro que, agradecido, movió la cola con satisfacción. La araña se fue a un rincón, con su presa en las mandíbulas, a saciar su hambre. Yo me iré a la recamará, sintiéndome el campeón, a disfrutar el café y ver las noticias.

La araña es otro invasor de mi hogar con el que trataré en futuro cercano. En este momento se ha ganado mi simpatía. La alianza generada por esta actividad se considera adecuada; en el tenor de que el enemigo de mi enemigo es mi amigo. Por lo pronto, estamos en paz.

# H. P. Fraijo / La abuela

¡Llegó la abuela! ¡Qué alegría me dio recibir en casa su visita! La disfrutamos a lo grande: ella nos consintió por varios días con sus ricos guisos y postres.

A punto de partir de regreso, se despidió de todos. Al hacerlo conmigo, me dejó un billete de veinte pesos en la mano, con la siguiente recomendación: "No le digas a nadie."

Mis ganas de presumir pudieron más y fui a enseñárselo a mi hermana, que, ni tarde ni perezosa, corrió a exigir un billete para ella. Como solo le quedaba uno en su monedero, mi abuela se lo entregó.

Al verlo, quise reclamarle por qué a ella le dio el billete de más valor. Al acercarme, solo me dijo: "¡Por chismoso!"

*La presunción y la envidia siempre traerán malos momentos a quien la ejerce. El saberse poseedor de algo que no tienen los demás, estimula el ego de sentirse superior, sin embargo, cuando se siente superado por los demás, la envidia aparece y trae sentimientos de inferioridad.*

## H.P. Fraijo / La mariposa monarca

Con un ligero vaivén
va danzando en el aire
la extraña mariposa.
En las flores
liba la monarca
el néctar de los dioses.
Su enamoramiento
es de besos y roces.
Son fuerzas requeridas
para el largo viaje
las tomará de ellas.
Tres países dan
testimonio de su esfuerzo.
¿Llegará?
El gorrión, la cigarra,
la lagartija, el auto,
y muchos más,
se interpondrán
en su camino
para malograr su destino.
Pase lo que pase, llegará:
su amor la espera.

# H.P. Fraijo / La parábola del vecino envidioso

Un hombre, impresionado por el porte y bravura del perro de su vecino, le propuso que se lo vendiera en varias ocasiones; pero éste se negó, ante la insistencia, una y otra vez.

Al paso del tiempo, decidió hacer un último intento para comprarle el animal. Para su sorpresa, su vecino aceptó, debido al elevado ofrecimiento que le hizo; pero con la condición de que no le devolvería el dinero si, después de obtenerlo, no estuviera satisfecho con la compra.

Un mes después, descubrió que el canino tenía una enfermedad mortal. El comprador, sintiéndose engañado, regresó a reclamar su dinero.

La respuesta que recibió fue contundente: "¡Te lo dije! ¡No hay devolución!"

# ANALÍ GOMEZ

# Analí Gomez / La familia koala

La familia koala es una familia singular. La hija le pregunta a su mamá: "¿Por qué no saltamos como los canguros? ¿Por qué no comemos insectos, como el demonio de Tasmania?" La madre le responde: "¡Por qué somo diferentes!" "Pero... ¿por qué?", pregunta, la niña, de nuevo. "¡Yo quiero saltar y comer insectos!" El padre, que observó la escena, la llama y le dijo: "¡Ven! ¡Acompáñame!" Juntos, el padre y su hija, treparon un árbol de eucalipto. Al llegar a la rama más alta, se sentaron y el padre le preguntó: "¿Qué ves?" La niña observó a su alrededor y le contestó: "El bosque" "Así es", le dijo su padre. "Tal vez nunca saltes como un canguro o puedas comer insectos; pero, cada vez que quieras, podrás venir aquí a preciar el bosque. Recuerda: cada especie tiene su propio brillo, que lo hace especial."

*Esta es, sin duda, una familia singular. Sus palabras nos enseñan que cada estirpe es única. ¿En qué familia no hay ese niño o niña que desea explorar, conocer y probar nuevas cosas (o mejor aún, criticar a su propio clan, por no ser como esas personas que ha conocido)? Eso, tal vez, no es del todo malo; ya que así es cómo podemos crecer y evolucionar. Siempre, o casi siempre, llegará un momento de la vida en la que maduraremos; y que, después de viajar, reflexionaremos sobre la vida, sobre nuestro clan, sobre nuestros padres, re-*

*cordando las pláticas que en ese momento no tenía sentido, pero que el tiempo se lo dará. Será entonces cuando podamos apreciar el bosque de eucalipto como esta pequeña koala, y ya no desear ser un canguro o comer insectos, sino encontrar el brillo de lo que somos en nuestro propio ser. Ya que, como expreso Mark Twain, una persona no puede estar cómoda sin su propia aprobación.*

# Analí Gomez / El sentido de vivir

Rómulo es un hombre de mediana edad, que conocí en un viaje en tren que realicé por la sierra de Chihuahua. Él trabaja como cantinero en uno de sus vagones. Durante mi viaje, me llamó la atención, ya que su trabajo (o por lo menos, como él lo realizaba) era mucho más que servir un trago de licor o una fría limonada. Él escuchaba a las personas que pedían algo de beber. El día que viajé, alrededor de las 12 p.m., sentí algo de sed y me dirigí al vagón donde estaba el bar. Pedí una limonada y, por alguna extraña razón, me senté a tomarla en la barra. Guardé silencio mientras la servía. Una vez que me la entregó, me preguntó: "¿De dónde vienes?" "De Hermosillo", contesté. Para no ser descortés, pregunté: "¿Y usted?" "Yo vengo de muchos lugares", me respondió, "pero en este momento vivo en los Mochis". Eso llamó mi atención y le pregunté: "¿Cuánto tiempo tiene trabajando aquí?" A lo que me contestó: "5 años". Quedé en silencio. Ya que no supe qué más preguntarle, y me dijo: "¿Viajas de trabajo o de placer?" "Me bajo en Creel. Quiero conocer", contesté. "¿Cómo se puede ser de todas partes?", pregunté. Él sonrió y me dijo una larga historia. Terminé mi limonada, me despedí y me fui a mi vagón.

Más tarde, volví al bar, pero ahora me senté en un sillón. Y desde ahí observé a Rómulo, como hablaba y reía; y otras veces, escuchaba con seriedad a las personas que se sentaban frente a su barra. En un momento se quedó sola la barra. Por curiosidad me levanté y senté en la barra. "¡Hola!", me dice, "¿cómo te va? ¿Qué deseas de tomar?", pero en vez de contestar su pregunta, le digo: "¿No te cansa tu trabajo? Cada persona que se ha sentado ha querido platicar; o, tal vez, sólo quería hablar." Él me ve fijamente y me dice: "Es la mejor parte de mi trabajo, por eso sigo aquí. He viajado por muchos estados y he buscado un trabajo provisional en cada lugar, pero aquí llevo más tiempo del que esperaba. Hace años perdí a mi esposa e hijos en un accidente. Pensé que jamás me recuperaría, no encontraba mi lugar, y eso me hizo salir de mi hogar a viajar, hasta que llegue aquí. Cada tarde escucho a personas, escucho partes de sus vidas, de todo tipo. He brindado con novios que van de luna de miel, en algunas ciudades por las que este tren para, con personas estresadas por el trabajo y con otras que viajan por el dolor de la pérdida de un ser querido y desean tomarse un tiempo. Recuerdo al señor Clemencio, él era de edad avanzada, de caminado lento, pero de mente veloz. Llegó y me pidió la cerveza más fría que tuviera, se sentó, y no dijo ni una palabra mientras la bebió; pero, al pedir la segunda, me dijo: 'Yo me llamo Clemencio, ¿y usted?' A lo que conteste: 'Yo soy Rómulo.' Y volvió a quedar en silencio... después de unos tragos me dijo: 'Hace seis meses murió mi esposa. Estuvimos casados por 45 años. Pasamos buenos y malos tiempos, pero ahora ya no está.' Y se puso a llorar. Yo solo pude escuchar con atención. No le platiqué mi historia, pero traté de hacerlo sentir mejor."

Mientras Rómulo me platicaba su historia y las demás historias de los viajeros, no podía hablar, ni dejar de escuchar. Esta vez me había tocado a mí escucharlo. Tampoco podía dejar de pensar, que su trabajo lo había convertido en algo más que lo convenido por la empresa, encontró un sentido y eso era percibido por quien se sentaba junto a él. Me dio una gran lección: no hay trabajo malo o bueno, pequeño o grande, uno es quien le da esa interpretación a cada cosa que decide hacer.

.

# ANILÚ ZAVALA

## Anilú Zavala / Soy animal

Hoy me reconozco animal impuro
en todas sus formas posibles,
apaciguado en una sala de terapia.
Amaestrada. Domesticada en lo más profundo
pero híbrida en sus fronteras.
Yo soy parte de mi bestiario de miedos y demonios.
Incongruente y descubierta tardía.
Soy sincrética y fronteriza.
La intersección
única de un diagrama veniano.
Catersiana absorta construida
circular y bipolar.
Dubitante: tres pasos al frente, dos atrás.
Hábil, controladora
de múltiples colores.
Soy un animal impuro lleno de huecos y dolencias.
Envidioso y envidiable.
Narrado en masculino.
Polimorfa convertida.
Envidiosa y envidiable.

## Anilú Zavala / Cecalia

De nombre, Cecalia:
Celia-mujer
            sirena y molusca.
De noche pasea por las calles
y de día hace alquimia en su cocina
con guisos extraordinarios.
Diletante y transmisora de saberes
que la secta que la sigue protege celosamente.
Esconde sus tentáculos
como una medusa
de tierna cabellera.

# Anilú Zavala / Pul-Po(-)ético

El pulpo no alcanza ni guarda la razón:
en la conexión de su cabeza y ventosas
se conecta a la sensación.

El *octopussy* del jardín de mi niñez.

Los tentáculos guardan la sensación.

El centro del cuerpo es un ocho en su división.

Romper el ritmo que mi cabeza trae
desde que Sor Juana
me soneteó...

Cambia el ritmo a otra música:
el movimiento de los brazos
sueltos en el mar.

El pulpo abre sus manazas
y se propone a atrapar mis ideas.

La imaginación como tentáculo:
cada tentáculo tiene su propia imaginación.

Tus partes: pie y sifón.

Impusilánime octopulsión.

# ANA GABRIELA RODRÍGUEZ

## Ana Gabriela Rodríguez / Medusa

*¿Quién sois vos*
*que contra el río ciego huido*
*habéis?*, pregunta Dante.

*Je suis.*

      *Je suis.*

            *Je suis.*

¿Acaso existo en una realidad distante?
¿O simplemente soy el ojo añejo del cíclope
dormido bajo la montaña?
¿Quién prolonga a mi reflejo
entre las sombras de un presente austero
y de un futuro inexistente?

      ¿Y qué es existir?
Dormir sin bajar los párpados, amanecer absorta
en una idea vaga que se difumina
con los cantos de sirenas.

            *Je suis.*

*Je suis,* resuena en mi mente.

Dicen que soy
y en el silencio de mi atormentada hechicera
lloro
por el abandono casi palpable de un centauro
que de mío no tuvo nada sino este estúpido
pronombre posesivo
alimentándome un poco la esperanza
de cuando estoy en mis ratos rosas
lloro
porque mi libertaria amazona me pide seguir
no doblegarme ni entregarme al ser
que con su sola existencia ha desgraciado
a la mitad del cielo
y de la tierra, que sueña
entre espinas
y vive
en la zarza
de una sociedad "parcializada".

*Je suis une femme fatale*
sin corazón.

# Ana Gabriela Rodríguez / Más-cara[2]

Él, tan asexual como un macho cabrío
escondido en la más-
cara de su mustia mojigatería,
bajo esos residuos católicos
atados a sus sombras,
es tan *monja* como yo.

Tan débil, quejumbroso y malo,
que busca a una mujer
para que lo vuelva bueno.

Tan místico, devoto,
con flameantes yemas incinerando
el lazo de mi azulado corsé
para liberar los frutos erizados
a la espera de su danzarina lengua
tan húmeda como desenfrenada.

Al caer la tibieza bajo
la almohada, confundiendo las plumas
de mi boa y la suya,
se despide de la más-cara para
a-bra-zar al íncubo
que le habita y ahora despliega
sus gigantescas alas.

---

[2] Inspirado en las palabras de Molly Bloom, del último capítulo de *Ulises* de James Joyce.

## Ana Gabriela Rodríguez / Espiral castaña

—¿Y qué si la luz que buscas se descuelga de una espiral castaña albergada en su cabeza?

Las horas se detienen y las atrapas en un reloj, cuyos aromáticos minutos laten despacio; recorren las horas que no transcurren sino en el espacio y se difumina la presencia con la ausencia sin saber cuál es verdadera.

—¡¿Estás o no...?!

—Ambas, tal vez más la primera que la segunda.

—¿Quién manda en mis dominios?,¿quién puede decidir no, cuando yo me resuelvo por un sí?

—Nadie: Estás.

En mis laberintos serpeas, entras y sales despojado de tu voluntad; porque es mi voluntad quien te infunde vida, te reencarna y te corporiza.

—¿Egoísta?

—Quizá es lo que menos interesa.

—Eres mío, más de mis alas de mariposa o del calor de mi senda. Eres mío en las memorias a pesar de tu cuerpo huidizo en busca de otas caderas.

Efímeras coreografías entre el desierto y la lluvia, que se evaporan por la rendija de mi ventana al alba.

**AMARILIS CINTRÓN-LÓPEZ**

# Amarilis Cintrón-López / Mariposa negra

Mariposa negra: muchos te consideran un presagio de la muerte. Pocos conocen que eres el reflejo viviente de un ser que ha trascendido: un alma que regresa, como un visitante inesperado, a donde lo recuerdan. ¿Cuánto tiempo dura tu metamorfosis, perfectamente consumada, para que inicies tus romerías en el aire y cumplas, así, con tu destino?

¡Oh, larva de alevilla! *Oxydia vesulia.* Geomensora.

Tú, mariposa negra, captaste mi atención al mirarte arrastrar –en balance– tu cuerpo, durante la fase de oruga. Diste forma al signo zodiacal de Libra, antes de volar en libertad, acariciada por el aire que pasaba entre tus alas.

Una madrugada de los idus de junio, en un encuentro místico, viniste a anunciar que el alma de mi Gigante Inmortal se transmutó en ti: una larva de alevilla, que de mi hogar hiciste tu hogar. Fuiste la oruga que se arrastró y dejó su huella en la portada del libro *Amarilis mira En azul*. Ahí dejaste el primer indicio, y miré que no eras un gusano común, que llegaba de visita, inesperada. Por eso, te adopté mientras continuabas tu ciclo. En mi mesa vestida de cumpleaños fuiste un regalo viviente, que vi desde la etapa de oruga hasta que completaste tu metamorfosis y te convertiste en mi mariposa negra. Aleteaste y volaste por las cuatro esquinas de mi casa donde diste rienda suelta a tus alas, manteniéndome vigilante a tu vuelo durante la madrugada.

En principio no entendía lo que pasaba. Cuestionaba en mi mente quién iría a morir con la llegada de la mariposa negra. Esa madrugada que la mariposa voló, murió un hermano mayor de mi padre; pero casi cuatro años después, supe que las mariposas negras simbolizan la visita de un ser trascendido con quienes permanecemos en conexión. Así supe que fuiste tú, mi Gigante Inmortal, desde que trascendiste, hace cuatro años, y nunca te fuiste, porque siempre te haces presente en cada fecha simbólica que escoges para dejarme saber que tu cuerpo partió, pero tu alma sigue haciéndose sentir entre quienes mantenemos vivo tu recuerdo.

Tu cuerpo descansa en el remanso de paz donde entregamos tu féretro a la tierra; pero, como un día dijiste: "ser inmortal no es vivir para siempre, sino que otros, a pesar de los años, te recuerden por siempre". Y yo siempre te recuerdo.

# Amarilis Cintrón-López / La flor y el sapo trovador

*Hay historias de la vida real que parecen*
*sacadas de los cuentos y a mí me pasó algo*
*parecido a la siguiente fábula de la flor*
*y el sapo trovador...*

Las cuarenta vueltas al sol de la mujer con nombre de flor la llevaron a migrar a la tierra del Padre Sol. Allí, en el territorio de los aztecas, la "Boricua del amor", quería celebrar su aniversario de rubí, viendo cantar en su peña a un famoso sapo trovador. En medio de esa noche astrífera, ella se ubicó en la mesa reservada con su nombre. Poco después, vio cómo el sapo trovador llegó al escenario e inició su cantar. Una vez cumplido el sueño de verlo entonar sus melodías en vivo, se le acercó para guardar el instante en una foto y agradecerle por uno de tantos poemas que había convertido en canciones, que disfrutó en esa noche inolvidable.

Durante esa simpática conversación le contó que una de sus letras parecía un presagio de lo que le había vivido ocho años atrás, cuando no tuvo a la mano a un amigo, y así descubrió que la quimera que lleva en el verbo de su nombre no podía ser.

En medio de la plática apareció una rana, interponiéndose entre ellos: era dueña de la peña y compañera del sapo trovador. Por la inseguridad que alimentaba a sus celos, lo tomó bruscamente del brazo, marcó su territorio, y dio por terminada la conversación.

En un abrir y cerrar de ojos, un mesero de esa peña, que tenía tan bajos valores (como el antiguo nombre que tenía la

Villa de Nicolás Romero), se apropió del artefacto tecnológico con el que se comunicaba la mujer con nombre de flor. Así, a la salida de la peña, quedó parcialmente incomunicada. La Boricua del amor utilizó con sapiencia sus palabras para resolver el asunto tecnológico con astucia. Recurrió a la protección que le otorgaba el águila azul que amedrentó a los amigos de lo ajeno que le hicieron perder las memorias de esa noche, cuando celebraba sus cuatro décadas de vida. Ante el desconcierto de la mujer con nombre de flor, la rana se sintió culpable al reconocer que actuó como una loba celosa y que pudo evitar el mal momento si hubiera controlado sus impulsos. de no haberse cegado por sus celos mal infundados. La compañera del sapo trovador reconoció que se dejó llevar por su inseguridad y que actuó de manera irracional. Supo, entonces, la moraleja de su propia fábula: los celos nunca serán buenos consejeros.

# ANGÉLICA PERAZA QUIJADA

# Angélica Peraza Quijada / El sueño de las dos

En el caloroso mes de julio se realizó una majestuosa boda. Ahí estaba Juliana, radiante y feliz, con su hermoso y largo vestido de sirena. Era la más bella entre las flores que decoraban la catedral de la ciudad. A su lado, en el altar, estaba Patricio, refinado y orgulloso, con su frac negro, porque había llevado hasta ahí a la más deseada de las señoritas de la capital.

Cuando el sacerdote dijo la frase: "Puede besar a la novia", se escucharon aplausos de los invitados presentes. También se escuchó un extraño rechinido de dientes. Todos se miraron con miedo, pero decidieron ignorar y continuar la celebración.

Con el cortejo por delante, salieron del templo, y ahí estaba Marie; viendo fijamente a Juliana, su hermana gemela. Su mente vivía bajo el yugo de una bestia que la torturaba. Cada vez que pasaba por un momento difícil era como si ella misma despertara a ese ser monstruoso que tenía la forma de un dragón, que le quemaba por dentro y le subyugaba al punto de quedarse sin respiración.

En ese momento, algo cambió en su mirada: llegó el recuerdo de las últimas vacaciones familiares, 16 meses atrás, cuando vio bajar de un lujoso auto deportivo a un joven de sonrisa seductora. Sin dudarlo se acercó y le dio la bienvenida a la hacienda. Revivía cada instante cuando paseaban juntos a caballo, y jugaban en el lago.

Sintió que el fuego bullía dentro de sí, solo de recordar cuando su hermana, Juliana, le robo la primera caricia de Patricio, entregándose a él sin pudor. Pero lo que más recordaba era un instante, en el que él le pidió callara todo lo que hicieron juntos durante tres semanas, y ella aceptó, porque jamás podría romper el corazón de su hermana, y el instante en el que él dijo con sus hirientes palabras: "¡Nunca podrás ser como ella!"

Fue ahí donde apareció el dragón.

Después de observar a los novios por diez minutos, subió a lo más alto del templo. Sintió frío, como hacía tiempo no sentía, y pudo mirar frente a ella, fuera de sí, al gigante dragón, que gemía furiosamente. Abrió sus brazos en el aire y cayó sobre el piso, pitando de rojo el largo colaje del vestido de la novia de su hermana Juliana.

Así fue cómo Marie logro liberarse de la bestia y del dolor de vivir el sueño de las dos.

# Angélica Peraza Quijada / El reptil que determinó mi destino

En el fondo de mi ser, estaba convencida que no quería tener hijos; pero, aun en contra de mis deseos, me dirigía directamente a la maternidad; porque pensaba que debía tenerlos para complacer a los demás. Hasta que un día sentí dentro de mí un gigante reptil que, con sus escamas filosas como cuchillos, recorría todos mis órganos reproductivos; destruyendo, a su paso, toda posibilidad de engendrar una vida dentro de mí. Finalmente, mi cuerpo determinó mi destino, ya que la serpiente causó un daño irremediable en mi anatomía; dando pie a que esa afección medica me diera el *permiso* de no tenerlos. Ahora solo espero que todas las mujeres se sientan libres y sin culpa de decidir sin temor a ser señaladas y sin que tengan una excusa médica, o la necesidad de crearse un animal salvaje dentro que justifique su decisión.

# Angélica Peraza Quijada / Panzazul, el colibrí

Fuiste tú, el ser más atormentado, durante toda tu vida; porque, desde el primer minuto en el que tu cuerpo se formó, llegó sintiendo el llanto, desesperación, injusticia y deseo de huir. Saliste al mundo añorando libertad, compresión, gritando por ayuda; pero nadie te escuchó; así que decidiste ser tú, a quien al mundo le suplicara, llevándote a tu paso, como una tormenta destructiva, todo lo que se acercaba a ti.

Cuando volteaste hacia atrás y viste el desastre logrado, decidiste parar; pero era tanto tu dolor que paraste muy fuerte. Tanto, que te ataste y ataste contigo a lo único bueno que habías creado en esta vida. 43 meses necesitaste para perdonar, pedir perdón, y volver a tu estado inicial.

Indefenso, conociste lo mejor y lo peor que habías cosechado; pero un día solo hubo lo que siempre deseaste: paz, amor, compresión y tolerancia.

Muchas almas unidas, solo por ti, te ayudamos a volar en paz. Tanto, que tu creación más pequeña, tan parecida a ti, con todos los sentimientos, de arriba abajo, te pidió hacer un pacto. Así, solo entre ella y tú, apareciste en tu recinto eterno, convertido en un hermoso y diminuto cuerpo lleno de plumaje; lleno de colores; y con un hermoso pecho azul danzando como tanto te gustaba; trayendo, solamente con tu presencia, todo lo que siempre quisiste tener: amor, alegría, esperanza, admiración. Gracias por no romper el pacto.

*En este texto se habla de la transición de un*

*alma que se creó con el abuso y el dolor, creciendo atormentado por su sentimiento de abandono y rechazo pagando con cada alma que se cruzaba a su paso; pero, cansado de herir, decide parar, permitiéndose amar y dejarse amar, fuera al precio que fuera. Al final de sus días, compensó cada daño hecho y que le hicieron en su vida.*

## Angélica Peraza Quijada / Plumas de ángel

La mañana del 18 de octubre fue cuando te vi por última vez. Tú mirada estaba perdida, distante. Había algo extraño en ti. Fue entonces cuando te jalé hacia mí y te di un abrazo y un beso en la mejilla.

Cuando despertaste de ese *shock*, en el que te encontrabas, sonreíste y platicamos como solíamos hacerlo. Subiste a tu auto y yo al mío; pero, al mirarte por el retrovisor, pude ver una figura, aparentemente femenina, sentada a tu lado; con el rostro en forma de águila o de arpía, con la mirada fija e imponente. Debí acelerar el coche para ir tras de ti, pero no pude. Los ojos del ave me congelaron, dejándome quieta, inmóvil.

Hoy todo parece imposible. ¿Por qué no puedo abrazarte como lo hice ayer? ¿Por qué ya no me hablas? ¿O me sonríes? ¿Por qué siento que no podrás cumplir tu promesa?

Ahora solo puedo verte detrás de ese cristal que mojan mis lágrimas. No puedo tocarte y tú no puedes consolarme. Ya no me miras ni me dices: "Todo va a estar bien. Ahora yo estaré aquí, como lo haría tu padre. No estarás sola". Pero lo estoy.

¿Por qué se fue tan rápido, a esa velocidad que creías controlar? ¿Por qué volaste tan alto? Nunca sabré si el ave era un ángel de luz, o un ángel de obscuridad. Solo me quedan muchas preguntas y ninguna respuesta.

Sé que no fue un sueño, sino una realidad, porque vi como cayeron desde lo más alto sus plumas, dejando con ellas tu última señal de amor.

# NOTAS BIOGRÁFICAS

# H. P. Fraijo

Soy Hiram Pacheco Fraijo: un autor de poemas, cuentos, y novelas, que nació un 28 de febrero de 1960 en Estación Corral; una comunidad rural del municipio de Cajeme, en el estado de Sonora. Ahí viví hasta mi adolescencia. Realicé estudios universitarios en la carrera de administración. He transitado laboralmente en el gobierno Federal y Estatal; actualmente trabajo en el Centro INAH Sonora.

Sin experiencia previa como escritor, queriendo inducir a su talentosa hija a escribir un libro e intentando darle la muestra de cómo hacerlo, a los 56 años escribí mi primera obra: *La estación* (no publicada aún), que alimentó el gusanito literario que aún ronda en mi imaginación. Al terminarla, seguí transitando en el mundo de la literatura, dando como resultado la elaboración de otra novela: *Pluma blanca. La guerrera apache de Sonora*, que ya ha sido publicada, con un tiraje de prueba de 300 ejemplares, que ya se agotó en su totalidad, y se encuentra en proceso de reedición.

He acumulado tanto material sobre el tema apache que actualmente tengo otra novela, con la que iniciaré una zaga que se encuentra en proceso de convertirse en una trilogía. Escribí estas obras durante la pandemia, junto con otra más que estoy por concluir sobre esta epidemia global.

# Analí Gomez

Soy autora de cuentos y fábulas, nacida en la ciudad de Hermosillo, Sonora. Mi madre se enfermó cuando tenía 6 años, casi a la par, nace mi hermano, que hace que nos mudemos a Ciudad Obregón. Dos años después, muere, y me quedo a radicar en esa ciudad, con mis abuelos maternos y hermanos de mi mamá. Ahí realice mis estudios hasta la universidad, lo que hace que me mude de nuevo a la ciudad de Hermosillo. Al terminar la licenciatura de Ingeniería Química, trabajé en ello tres años. Hasta que vuelve a mí el deseo de hacer lo que siempre quise que era ser psicóloga, pero que por motivos de escuchar a personas cercanas que pensaban que de esa profesión no se podía vivir no lo hice en el tiempo que elegí profesión, así que me decidí y volví a la universidad y busque trabajo como docente para poder mantenerme. A los 30 años conocí a mi padre. Durante la pandemia murió mi hermano. Después de este acontecimiento tan doloroso, pude entender y superar una depresión que inicio sin darme cuenta muchos años atrás. Hoy soy psicóloga y vivo de eso. Estoy casada, tengo una hija y estoy en espera de la segunda. Me siento realizada y vivo en paz, haciendo lo que amo.

# Anilú Zavala

Soy una mujer derivante, amante de las letras y buscadora de narrativas. Hija y nieta de Luisa. Mamá de Matías. Gestora cultural. Fundadora de la comunidad @Somos Disruptivas. Habitante asombrada de la ciudad. Incómoda e incomodante. Estudiante perenne.

# Ana Gabriela Rodríguez

Soy autora de poemas, así como artículos de investigación científica. En cuanto a la poesía, considero que es la expresión más transparenta mi alma. He publicado poemas en antologías como Todo Por el Arte, y ha participado en diferentes concursos; así como artículos de investigación y de divulgación científica en revistas indizadas, así como capítulos de libros relacionados con sus líneas de investigación. Estoy licenciada en Ciencias de la Comunicación por la Universidad de Sonora, maestra en Estudios de Género por El Colegio de México, y doctora en Ciencias Sociales especialidad en Globalización y Territorios por El Colegio de Sonora. Actualmente soy profesora de tiempo completo en el Departamento de Sociología y Administración Pública de la Universidad de Sonora y pertenezco al Sistema Nacional de Investigadores. He sido investigadora asociada en (Proyectos Nacionales Estratégicos de CONACYT, liderado por El Colegio de Sonora; así como integrante de la Comisión por la Equidad de Género de la División de Ciencias Sociales Unison. Mis líneas de investigación son: Género (Identidades de género; género, espacio y práctica-vivencia espacial; género y desigualdades sociales, violencia de género, masculinidades), análisis cualitativo de políticas públicas, estudios culturales, mercado laboral y grupos en situación de vulnerabilidad. Por muchos años, acallé mi voz literaria, pero poco a poco he encontrado el valor para vaciarme de nuevo sobre un lienzo en blanco.

# Amarilis Cintrón-López

Soy autora de poemas y cuentos, así como historiadora, educadora, investigadora, columnista y reportera cultural. Nací, y fui criada en el municipio de Adjuntas, Puerto Rico. Realicé mi Bachillerato en Educación Secundaria con concentración en Historia en la Universidad de Puerto Rico en Cayey, y mis estudios posgraduados en el Programa Graduado de Historia en la Universidad de Puerto Rico, Recinto de Río Piedras, analizando el proceso de la reforma educativa en la década de 1990.

Trabajé como Ayudante de Investigación en el Centro de Investigaciones Históricas de la UPR-RP y bajo la supervisión del Dr. José Cruz Arrigoitía, formé parte del Proyecto de la Real Hacienda de Puerto Rico siglo XVI. He participado como conferencista en congresos de historia, en el ámbito nacional e internacional. Entre mis publicaciones se destacan "Un acercamiento al proyecto de cambio social en Puerto Rico y las propuestas de reformar la educación (1970-1990)" en *Memorias del Primer Encuentro Nacional: pobreza, educación y políticas públicas* (ISCE, Estado de México); *Documentos de la Real Hacienda de Puerto Rico, volumen II (1510-1545)* (coautora); "La Asociación de Maestros de Puerto Rico y la reforma educativa: sus reclamos en torno al discurso oficial del Estado, 1980-1995" en *Un siglo de lucha educativa: legado histórico de la Asociación de Maestros de Puerto Rico.*

Como humanista, reconozco la importancia de las artes en la vida del ser humano para crear una mejor sociedad en la que prevalezca el uso de la razón, la empatía y la solidaridad. El acto de escribir, fuera del espacio académico, siempre ha sido un proceso sanador e íntimo. Al acercarme a mis 43 abriles, incursioné en el curso-taller "Animales impuros", en esa búsqueda constante de aprender nuevas formas de canalizar mis inquietudes, tejiendo las palabras, y transformando el ejercicio de encontrarme en los versos de otros, para darle vida a mis propias letras metamorfoseadas en poesía.

# Angélica Peraza Quijada

Soy Angie PQ, nací en Hermosillo, Sonora. He sido comunicóloga de profesión, amante de los animales, la naturaleza, del amor, y de vivir feliz, por convicción; pero también vivo de pintar y escribir mis emociones, vivencias, y de observar al mundo; con la finalidad de compartirlo, y de dejar un mensaje a la gente que no se atreve a levantar la voz.

# DESPEDIDA: RECETA, HE-CHIZO, O CONJURO PARA CREAR UN MONSTRUO (O ANTI-DECÁLOGO PARA UNA CREACIÓN VERBAL)

Por Omar de la Cadena

A la manera de un instructivo apócrifo, sigue estos pasos, para que imites a Dios, y crees, en menos de siete días, tu propia bestia portátil, o alimaña de bolsillo, o monstruo verbal.[3]

1. ~~Imagínalo~~. Suéñalo. Deja que surjan cada una de las partes del ente que aparece en tus sueños: su(s) cabeza(s), su(s) torso(s), su(s) miembro(s); sin olvidar su(s) corazón(es), su(s) víscera(s), y pezuñas.

Recuerda el arduo proceso de creación de Dios, en el *Génesis*; o el fatigoso proceso de ensoñación de un hombre en el cuento "Las ruinas circulares" de Jorge Luis Borges. Debemos preguntarnos si el tuyo será un proceso de imaginación, o de ensoñación; porque, despiertos, podemos corroborar lo que descubrimos en los sueños, y dormidos, viceversa. ¿Somos productos de las vigilias o de los sueños de Dios?

---

[3] *Disclaimer*: Hay recetas para todo y para todos. Desde el cómo elaborar los ingredientes de un platillo culinario, hasta los pasos a seguir para la elaboración del platillo mismo. Los resultados quedan fuera del control de quien los sugirió, por lo que cada uno será responsable (o no) de sus creaciones.

¿Somos un sueño que se sueña a sí mismo, y que, al soñarse, sueña a otros soñantes, a su vez?

Para este ejercicio, serás como un pequeño Dios, que soñará el cuerpo y el alma de un animal anómalo; distinguiendo sus partes, a imagen y semejanza de un animal mitológico. Su deformidad o su doble naturaleza, dará cuenta de tu capacidad de ensoñación.

2. ~~Aliméntalo~~. Nútrelo. ¿Su apetito será igual al tuyo? ¿Qué hambre o sed tendrá tu monstruo, bestia, o alimañan verbal? Dale de lo que te falta, no de lo que te sobra. ¿Acaso no precisará más de lo que puedas darle? De cualquier manera, no se trata de alimentarlo, si no de nutrirlo: no todos comemos y bebemos de las mismas fuentes.

Quizá se volverá una mascota que recorrerá tu perímetro y guardará tu casa y tu apellido. ¿Será como una rémora, o un carroñero, o un champiñón? ¿O cómo un alebrije, tornabrije, o bizbirije? No lo sabemos. Quizá sea parecido a su dueño. ¿Será que, en casa de perro gordo, dueño flaco? No olvidemos que no hay cazador sin caza: tu bestia, de serlo, estará al acecho y tendrá sus propias presas; aunque se vuelva un fruto amargo de tus sueños y vigilias.

3. ~~Denomímano.~~ Nómbralo. Dale un nombre y apellido entre las especies conocidas. Esto te servirá para compararlo con otros seres similares, para descubrir harás el siguiente punto o te saltarás hasta el último.

4. ~~Bórralo.~~ Recomiénzalo. Desmadeja su madeja, y vuelve a elaborarlo. O no lo hagas, dejándolo como está; si es tal y como lo soñaste; sin olvidar que puedes reiniciarlo todo, cuantas veces sea necesario, hasta que sacies tu apetito intelectual.

5. ~~Preséntalo.~~ Suéltalo. Échalo a andar o a volar o a reptar por el mundo. Deja que tu monstruo se vuelva responsable de sí. ✺

La primera edición de *Bestiario de seres (no) imaginarios, 1*, se terminó de elaborar el 20 de octubre de 2023 en los talleres de SERPIENTE EMPLUMADA ~Editorial~, en Hermosillo, Sonora, México, como una edición electrónica.

Made in the USA
Middletown, DE
05 November 2023

41907372R00057